"완벽하지 않아도,
좀 망그러져도 괜찮아!"

『망그러진 만화』는 크고 작은 결점을 가진 친구들의 이야기를 담고 있습니다. 불완전함 속에서도 자신만의 방식으로 삶을 이끌어가며, 결국 스스로를 이해하고 서로 사랑하는 법을 배웁니다.

때로는 모든 분야를 완벽하게 해내야만 능력 있는 사람이라고 인정받는 현실을 마주하곤 합니다. 실수하거나 예상치 못한 일에 부딪혀 헤매다 그만 자신을 잃고 두려움에 빠지기도 하고요.

그런 현실에 지친 분들을 위해, 이번 『망그러진 하루 Daily book』에는 망그러진 친구들이 건네는 '망그러진 질문'들을 담았습니다. 허술한 질문을 따라가다 보면 저도 모르게 솔직한 마음을 털어놓게 될 거예요.

겉모습보다는 내면을 바라봐 주는 사람이 있으면 좋겠다고 생
각하는 순간이 있습니다. 망그러진 친구들과 함께하는 하루하
루가, 있는 그대로의 자신을 받아들이는 여정에 자그마한 힘이
되었으면 좋겠습니다.

감사합니다.

유랑

① 망그러진 하루도 괜찮아!

나의 일상을 기록할 나만의 책.

첫 번째 페이지에 나만의 제목을 적어보아요.

② CHAPTER 1! 망그러진 친구들의 숨은 이야기

망곰이가 털어놓는 비밀!

부앙단이라면 알아야 할 숨은 이야기들을

만화와 함께 만나보아요.

③ CHAPTER 2! 유랑 작가의 못다 한 이야기

『망그러진 만화』는 계속 된다!

망그러진 세계관부터 만화 제작기까지 살피며

망그러진 친구들과 더욱 가까워져요.

④ 삐뚤빼뚤 망그러진 질문들!

오늘 무슨 일이 있었더라?

걱정하지 말아요. 망곰이와 친구들이 건네는

망그러진 질문으로 내 마음을 기록해요!

⑤ 매일 다른 망그러진 친구들

오늘도 각양각색 망그러진 친구들!

페이지를 넘길 때마다 다른 얼굴, 다른 모습의

망그러진 친구들을 만나보아요.

⑥ 이 책은 나의 것!

소중한 책을 잃어버리지 않도록

마지막 페이지 'MY DATA'에 정보를 적어두어요.

부
아
아아앙
끼
에
이익
왜..
두
웅
울음을 참고 잇지?

우는 건..

부끄럽고
어른답지
못하잖아요

훗..
하지만..

우리는 태어났을 때도
생을 마감할
때도

기쁠 때도
슬플 때도
화가 날 때도
눈물을 흘리지..

눈물을
흘리는건
자연스럽고
진실한 것..

울고 싶을 땐..
부아아앙..
시원하게
울어버려...
척
당신은..
부앙단..!
두
근..

CONTENTS

CHAPTER 1

망그러진 친구들's Behind

부앙이들아, 안녕!

인간 세상에는 더욱 더 재미있는 일들이
많을 텐데도 우리의 이야기를 즐겁게 봐 줘서 고마워.

망그러진 친구들의 이야기를 담은 책이 나올 수
있었던 것도 다 부앙단 덕분이야!

TODAY
[. .]
새해도 힘차게 출발!
올해 가장 이루고 싶은 것은 뭐야?

Q. 망곰이는 왜 다른 곰들과 다르게 생겼어?

부모님께 물어봤더니,
글쎄 내가 사실은 곰이 아니라 감자라는 거야!

내가 감자라니. 굉장한 충격이었어.

TODAY

[. .]

힘든 일이 있는 날은 망그러진 채
휴식하기…

그런데 사실은 부모님이 장난친 거였어…!

나는 곰이 맞지만,
다른 곰들과 달리 꼬질꼬질 망그러진 모습을 하고
있어서 '망그러진 곰'이라고 이름을 지어주신 것 같아.

TODAY
[. .]
난 귀엽지 않고 카리스마 넘치는 곰이니까…

꾸질..
꾸질..
나는..
감자였어
진짜이다...

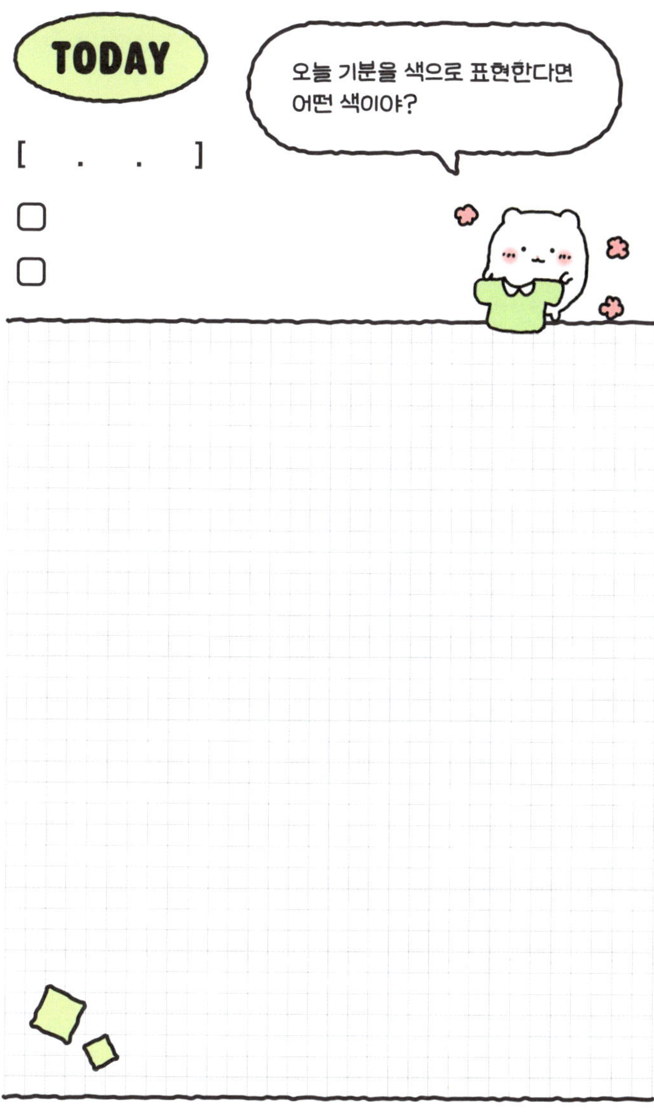

TODAY
[. .]
오늘 기분을 색으로 표현한다면
어떤 색이야?

Q. 망곰이와 햄터를 소개해 줄 수 있어?

나는 망그러진 곰이야.

한국의 울창숲 곰돌시 망글로 3번지에 살고 있어.

이곳은 아주 깊숙한 숲속이라,
부앙이들이 여기까지 찾아오기는 쉽지 않을 거야.

TODAY

[. .]

할머니가 준 음식… 다 먹는 게
아니었는데…

나의 매력 포인트는 바로 용맹하게 치켜 올라간 눈썹.
카리스마 넘쳐 보이지 않어?

다른 곰들보다 삐뚤빼뚤 찌그러져서 놀림을 받은 적도 있어.
그치만 세상에 완벽한 존재가 어디 있겠어?

노랗고 복슬한 털, 짧고 통통한 팔다리…
이대로의 내 모습을 항상 사랑하고 있어.

TODAY
[. .]
최근에 화나는 일 있었어?
누가 화나게 했어?

햄터는 내 손바닥만 한 크기의 작은 하얀 햄스터 친구야.
아주 작아서 가끔은 실수로 햄터를 밟을까 걱정이 되기도 해.

하지만 작다고 무시하면 안 된다?
햄터는 아주 용감하고 대담한 성격이야.

솔직한 말들로 가끔 나를 당황시키기도 하지만,
누구보다 친구들을 아끼는 귀엽고 착한 친구야.

TODAY
기분이 우울할 때는 거울을 보고
귀여운 포즈!

[.   .   ]

Q. 망곰이는 망곰이가 인기 많은 거 알고 있어?

내가 인기가 많다구? 잘 모르겠는데…
내가 사는 곰돌시에서는 크게 인기 있지 않아.

근데 괜찮아.
멋쟁이 곰은 인기 따위 신경 쓰지 않으니까…

날 좋아하는 친구와 가족들이 있으니 그거면 충분하다구!

TODAY
[　.　.　]
우리가 사는 곳은 한국의 울창숲
곰돌시 망글로 3번지 어딘가…

하지만 굳이 내가 인기 많은 이유를 꼽자면,
귀여워서는 절대 아닐 테고…

역시 카리스마 넘치는 나의 모습이 멋지기 때문이겠지.

TODAY
[. .]
혹시 팥붕파야? 슈붕파?
난 팥붕이 좋잖어

왜이렇게
귀여워?
왜이렇게
깜찍해
왜이렇게..
매력넘쳐..?

TODAY
[.   .   ]

오늘 가장 뿌듯했던 순간은?
스스로 칭찬 한마디!

Q. 망곰이의 겨울나기 비법은 뭐야?

북슬북슬한 곰 털은 나의 자랑거리 중 하나야.
두터운 털 덕분에 추위를 별로 타지 않거든.

그래서 햄터가 나의 털을 엄청 부러워하고 좋아하지.
부드럽고 따듯해서 누워있으면 잠이 잘 온다나…

가끔 내 배 위에서 햄터와 친구들이 잠을 자고 가기도 해.

TODAY
[. .]
가장 친한 친구와의 첫 만남은
어땠어?

부앙이들도 따듯한 내 배 위에서 잠들어 보고 싶어?
나중에 내가 사는 곰돌시에 놀러 오면 얼마든지 재워 줄게.

난 너그러운 곰이니까.

TODAY
[.   .   ]
지금 전화 걸고 싶은 사람 있어?
안부 전해 보면 어때?

쉬고 싶을 때는 침대에 누워서
간식 먹으며 만화책 읽는 게 최고 아니겠어?

맛있는 거 많이 먹고 살을 찌워 놔야
힘든 하루도 당차게 이겨낼 수 있다구.

TODAY

[. .]

하루에 하나만 해내도 충분해

나는 겨울잠도 자기는 하지만…
봄 잠, 여름잠, 가을 잠도 자.

나는 잠이 좀 많은 곰이라서.

TODAY
이루고 싶은 소망 하나 적어보기!
[. .]

Q. 망곰이는 앞으로의 계획 있어?

부앙이들과 더 많이 소통하고 싶어!

아직은 서툴지만 인터넷에 글 올리려고
타자 연습도 열심히 하고 있어.

가끔 오타가 나기도 하고, 맞춤법이 틀릴 수도 있지만
이런 모습도 전부 이해해 줄 거지?

부앙이들을 싸랑하는 마음만은 진짜다.

TODAY
[.   .   ]
오늘 부앙이 컨디션은 몇 점이야?

Q. 망곰이가 꿈꾸는 곰생은 어떤 거야?

첫 아르바이트 후에 진짜 어른이 된 기분을 느꼈어!

나는 어떤 어른이 되고 싶은지,
꿈꾸는 곰생을 떠올려 봤어.

TODAY
[. .]
부앙이에게 지금 꼭 필요하다고
느끼는 건 뭐야?

내 돈으로 떡볶이를 맘대로 사 먹을 수 있고,
멋진 옷도 사 입고, 친구와 부모님께 맛있는 것도 사주고,
부양이들에게 좋은 선물도 할 수 있는 어른!

상상만 해도 멋있잖아.

TODAY
[. .]
최근에 몰두하고 있는 일은 뭐야?

힘들진 않았어?
나 칭찬도
받았어!
최고다~

TODAY
[. .]
부앙이의 특기는 뭐야? 어떻게
그 일을 잘하게 되었어?

Q. 부앙단에게 하고 싶은 말은?

사실은 말야,
부앙이들을 알고부터 나의 곰생이 바뀌었어!

세상살이가 매일 행복할 수는 없지만
기쁨과 슬픔을 함께 공유할 친구들이 있다는 것만으로도
위로가 되더라고.

TODAY
[.   .]
나에게 필요한 속도는 내가
정하면 돼

부엉이들도 인간 세상에서 힘들고 지칠 땐 언제든 찾아와 줘.

재미있는 이야기랑 소식들 많이 가져 올게.

앞으로도 잘 부탁하고
항상 고맙고 싸랑해.

TODAY

하루를 즐겁게 시작하고 싶다면
날 따라 해 봐

[. .]

앞으로도
잘 부탁해

항상 고맙고
싸랑해

- 망곰이가 -

TODAY

[.   .   ]

첫 월급으로 떡볶이 쐈어! 부앙이는
처음 번 돈으로 뭐 했어?

"망그러졌어도 나는 나"

TODAY

[. .]

아침에 일어나서 가장 먼저 하는
일은 뭐야?

TODAY

[.   .   ]

☐
☐

TODAY
[. .]
지금 떠오르는 일, 해야 할 일을
바로 적어두자

TODAY

[.   .   ]

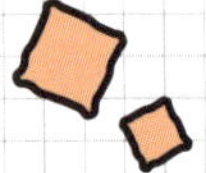

TODAY
이제부터 세상은 감자가 지배한다!
[. .]

TODAY

[.   .   ]

TODAY
하루를 한 문장으로 정리해 봐!
[. .]

TODAY

[.   .   ]

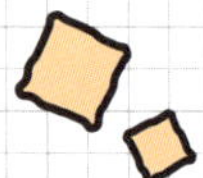

TODAY

[. .]

혼자 해내기 어려운 일은 도움을
요청해도 괜찮아

TODAY

[.   .   ]

☐

☐

TODAY
[. .]
뒹굴뒹굴∿ 잘 먹고 잘 쉬는 것도
아주 중요하다구

TODAY

[.   .   ]

- [ ]
- [ ]

TODAY
[. .]
스트레스를 해소하는 부앙이의
루틴은?

TODAY

[.   .   ]

☐
☐

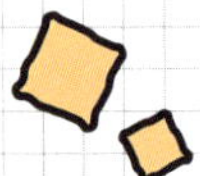

TODAY
[. .]
부앙이는 할 수 있다! 무너지지 마!

TODAY

[.   .   ]

TODAY
[. .]
부앙이만의 목욕 순서 있어?
어느 시간에 씻는 편이야?

TODAY

[. .]

TODAY
[. .]
새로운 헤어스타일… 좀 귀엽잖어

[.   .   ]

TODAY

[. .]

☐
☐

TODAY

[. .]

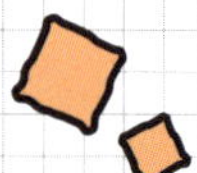

TODAY
오늘 누군가에게 정말 고마웠던
일 있어?

TODAY

[.   .   ]

TODAY
[.   .   ]
비 오는 날에 듣고 싶은 노래는?
이유는 뭐야?

TODAY

[.   .   ]

☐
☐

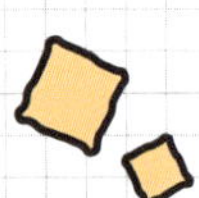

TODAY

나를 위해서 망그러진 요리를
해 보면 어떨까?

[. .]

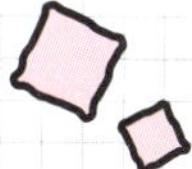

TODAY

[. .]

TODAY

[. .]

TODAY

[. .]

TODAY
[. .]
잠깐 멈추더라도, 언제든 다시
시작하면 돼!

TODAY

[. .]

☐

☐

TODAY
[. .]
따사로운 주말에는 티 한잔의
여유…

TODAY

[.   .   ]

☐
☐

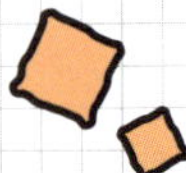

TODAY
[. .]
1년 전의 부앙이에게 해 주고
싶은 말 있어?

TODAY

[.   .   ]

TODAY
[. .]
오늘의 망그러진 일 한 가지는?

TODAY

[. .]

TODAY

[.   .   ]

귀여운 잠옷을 입으면 기분이 아주
좋아진다구~

TODAY

[. .]

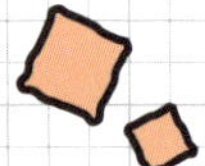

TODAY
[. .]
실수해도 괜찮아~
훌훌 털어내 버리고 일어나기!

TODAY

[.   .   ]

TODAY
[. .]

기분 좋아지는 노래!
부앙이만의 플레이 리스트는?

TODAY

[.   .   ]

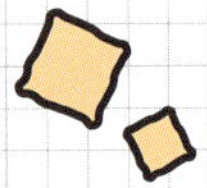

TODAY
[.   .   ]
말하고 싶었지만 전하지 못했던 말 있어?

[. .]

☐
☐

TODAY
[. .]
부앙이 스스로에게 주고 싶은 선물 있어? 어떤 선물이야?

TODAY

[. .]

TODAY
[. .]
부앙이가 가장 좋아하는 옷은
뭐야? 그 이유는?

CHAPTER 2

유랑's Behind

안녕하세요.
망그러진 만화를 그리는 작가 유랑입니다.
망곰이와 친구들의 귀엽고 따듯한 세계를 소개할게요.

TODAY

[.   .   ]

Q. 앞으로 도전하고 싶은 새로운 콘텐츠는 뭔가요?

어느덧 망그러진 만화가 여러 권의 시리즈로 자리매김했어요.

언젠가는 만화나 짧은 애니메이션뿐만 아니라
장편 애니메이션 시리즈도 도전해 보고 싶어요.

숏폼은 호흡이 짧고 빠르게 진행되어야 하다 보니
스토리를 풀어내는 데에 한계가 있거든요.

TODAY
[. .]
마음이 가장 편안해지는 장소는
어디야?

숏폼 애니메이션은 분량상 보여주고 싶은 부분을 생략해야 할 때도 있어 아쉽게 느껴지기도 합니다.

여건이 된다면 장편 시리즈를 통해서 망그러진 친구들의 성장과 변화를 더 깊이 있게 다룰 수 있도록 다양한 이야기를 담아보고 싶어요.

TODAY
지금 가장 기대되는 일은 뭐야?
[. .]

Q. 망그러진 친구들은 어떻게 어울리게 되었나요?

망곰이 못지 않게 귀여운 판다, 토끼, 햄터…

망곰이가 사는 숲은
다양한 동물이 함께 살아가는 곳이에요.

그래서 자연스럽게 여러 동물을 만나며 친구가 되었답니다!

TODAY
[. .]
기분이 우쭐해졌던 칭찬 한마디는?

겨울잠을 자던 망곰이의 배 위에 올라가며
이루어졌던 망곰이와 햄터와의 첫 만남 외에,

토끼나 판다와의 이야기도 앞으로 만화를 통해
보여드릴게요!

TODAY

[.   .   ]

Q. 울창숲 동물 중 하나로 스핀오프를 구상한다면, 그려 보고 싶은 내용이 있을까요?

거북이 할아버지의 이야기를 들려드리고 싶은데요,

거북이 할아버지는 마을에서 가장 오랜 세월 살아온 존재로,
동물 친구들에게 큰 존경을 받고 있답니다.

TODAY
[. .]
오늘 새롭게 알게 된 사실 있었어?

느릿느릿, 약간 허술해 보일 수도 있지만
그 속에는 오랜 경험과 깊은 연륜이 담겨 있어요.

거북이 할아버지의 발자취를 따라가다 보면
흥미로운 인생 이야기를 들을 수 있을 거예요.

TODAY
[. .]
다이어트… 내일부터 시작해도 되겠지? 그렇지?

Q. 망곰이가 어느 날 나에게 말을 건넨다면?

어떤 이야기를 할 것 같은지 떠올려 봤어요.
아마 이렇게 말하지 않을까요?

"인생을 좀 가볍게 살아봐! 그렇게 심각할 필요 없어."

TODAY
[. .]
사소해 보이더라도 소중한 일이
있을 거야

저는 인생의 대부분 일을
너무 무겁게 생각하는 성격이거든요.

작은 일에도 깊게 고민하고,
때로는 필요 이상으로 걱정하는 경향이 있어요.
그래서 망곰이는 저를 졸졸 따라다니며
끊임없이 태클을 걸 지도 몰라요.

"이건 왜 그렇게 해? 꼭 이렇게 해야 돼?"

TODAY
[.   .   ]
1년 후의 부앙이에게 해 주고
싶은 말 있어?

살짝 귀찮겠지만,
나름 귀여울 것 같습니다!

TODAY
[. .]
가족과 행복했던 주억은 언제야?

Q. '망그러짐'을 정의한다면 뭘까요?

이 만화는 크고 작은 결점을 가진
친구들의 이야기를 담고 있어요.
그 결점은 외적인 요소뿐만 아니라 내적인 부분도 함께예요.

망곰이와 햄터는 삐뚤빼뚤한 라인으로
어딘가 부족한 외형을 가지고 있을 뿐만 아니라,

내면에는 소심함과 불안함, 다른 동물에 대한 부러움, 질투 등
남에게 숨기고 싶은 감정도 안고 있어요.

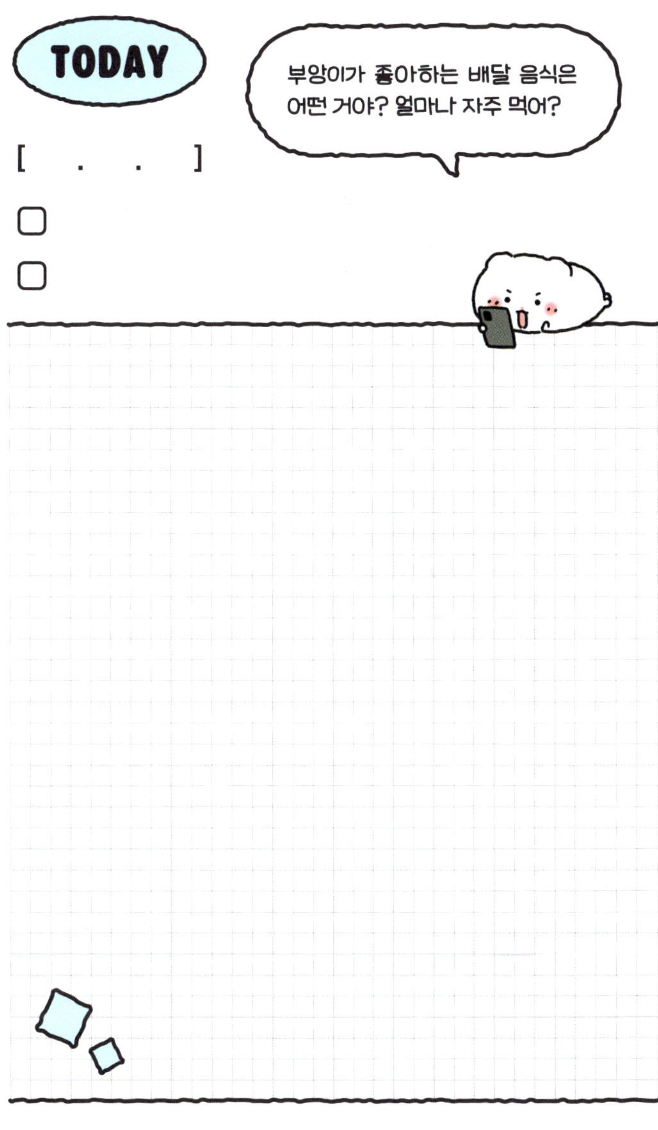

TODAY

부앙이가 좋아하는 배달 음식은
어떤 거야? 얼마나 자주 먹어?

[. .]

하지만 그럼에도 불구하고
다들 자신만의 방식으로 삶을 이끌어가려고 노력해요.

결국 함께 지내며 스스로를 이해하고,
서로 사랑하는 법을 배우는 거죠.

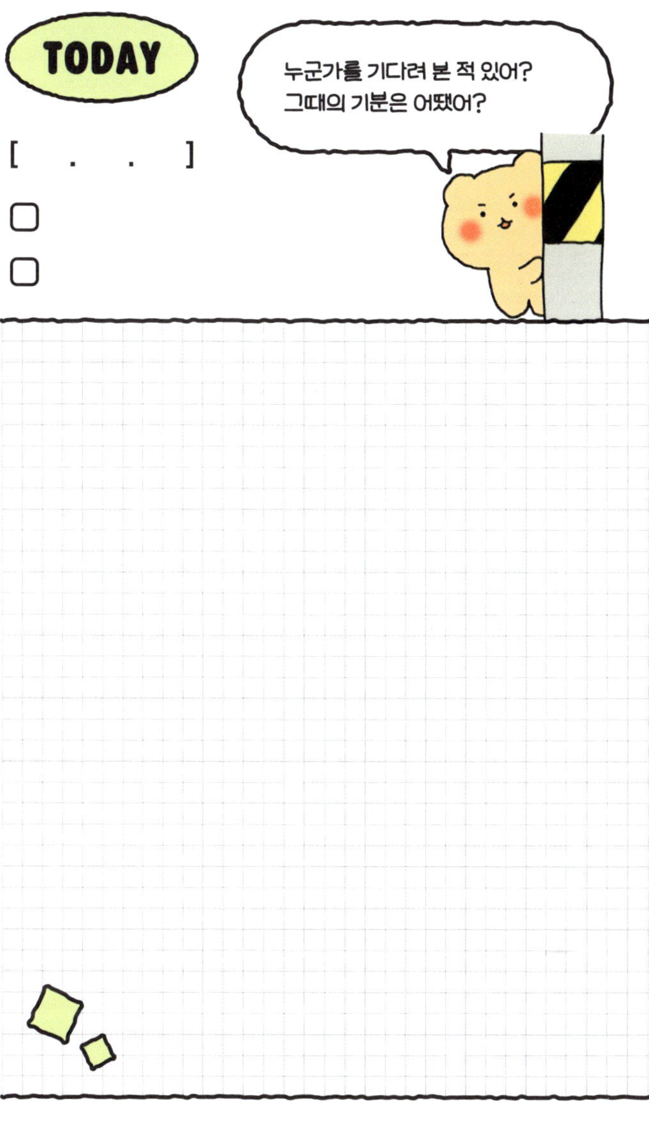

TODAY
[.   .   ]
누군가를 기다려 본 적 있어?
그때의 기분은 어땠어?

망그러졌다는 건 어딘가 완벽하지 않다는 것이니,
결국 '인간다움'이라고도 말할 수 있지 않을까요?

세상에 완벽한 사람은 없고
누구에게나 부족한 점이 있기 마련이잖아요.

TODAY
[. .]
마음이 지쳤을 땐 훌훌 떠나기!

그렇기 때문에 『망그러진 만화』는
완벽하진 않지만 그 속에서 살아가고자 노력하는
우리 모두의 이야기일 수도 있을 것 같습니다.

TODAY

[. .]

나… 꽤나 유연할지두…

그냥
너라서
좋아

TODAY
[. .]
지금 당장 떠나야 한다면 어디 갈래?

Q. 만화를 그리며 겪었던 비하인드 스토리가 있다면요?

가끔 서점에 가서 제 책을
몰래 멀리서 지켜볼 때가 있는데요,
하루는 한 어린 친구가 "망그러진 곰이다!"
"엄마, 나 이거 사 줘." 하고 조르는 거예요.

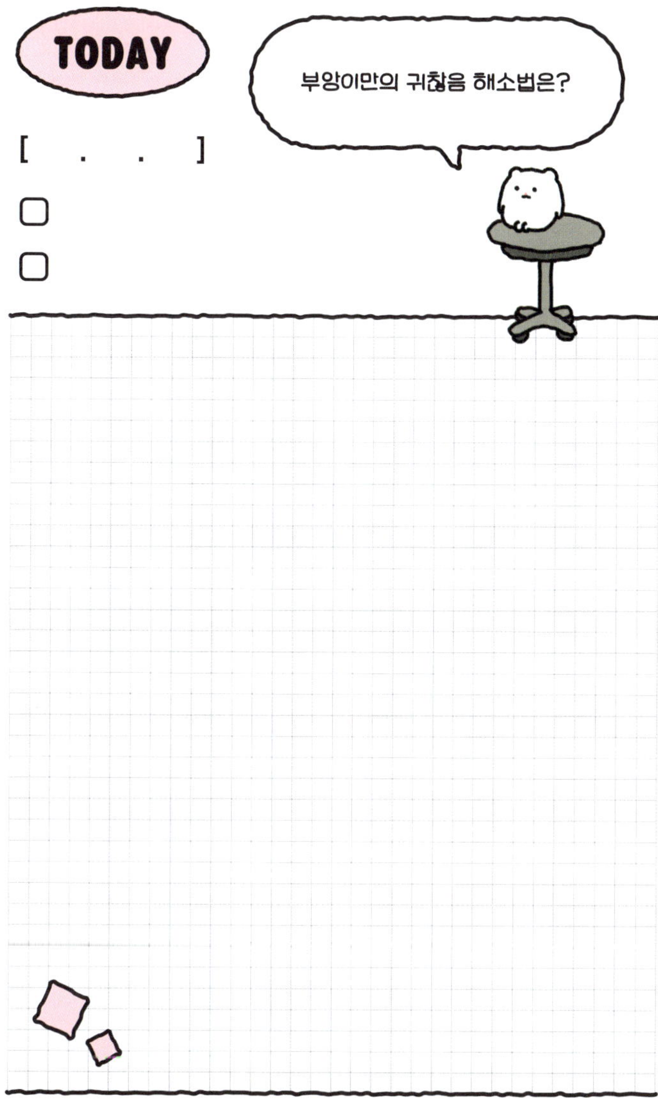

TODAY
[. .]
부앙이만의 귀찮음 해소법은?

어린이 부앙이를 본 건 처음이어서 더 놀랐어요.

온라인에서 만화를 연재하고
부앙단과 소통하는 것은 정말 즐겁지만,
가끔 휴대전화 화면을 끄면 이 모든 게 한순간에
사라질 것 같은 기분이 들 때가 있어요.

TODAY

[. .]

돌아오는 생일에 가장 받고 싶은
선물은 뭐야?

그런데 그날은 어린 부앙이의 즐거운 반응을
직접 볼 수 있어서 정말 행복했습니다.

매우 특별한 경험이었어요!

TODAY
[. .]
붕어빵은 머리부터 먹어?
아님 꼬리부터?

망그러진 곰은 항상 손에 힘을 빼고 그려서인지,
그릴 때마다 편안하고 즐거운 마음이 들어요.

부앙단 여러분도 만화를 읽을 때
이 기분을 느껴주셨으면 좋겠습니다.

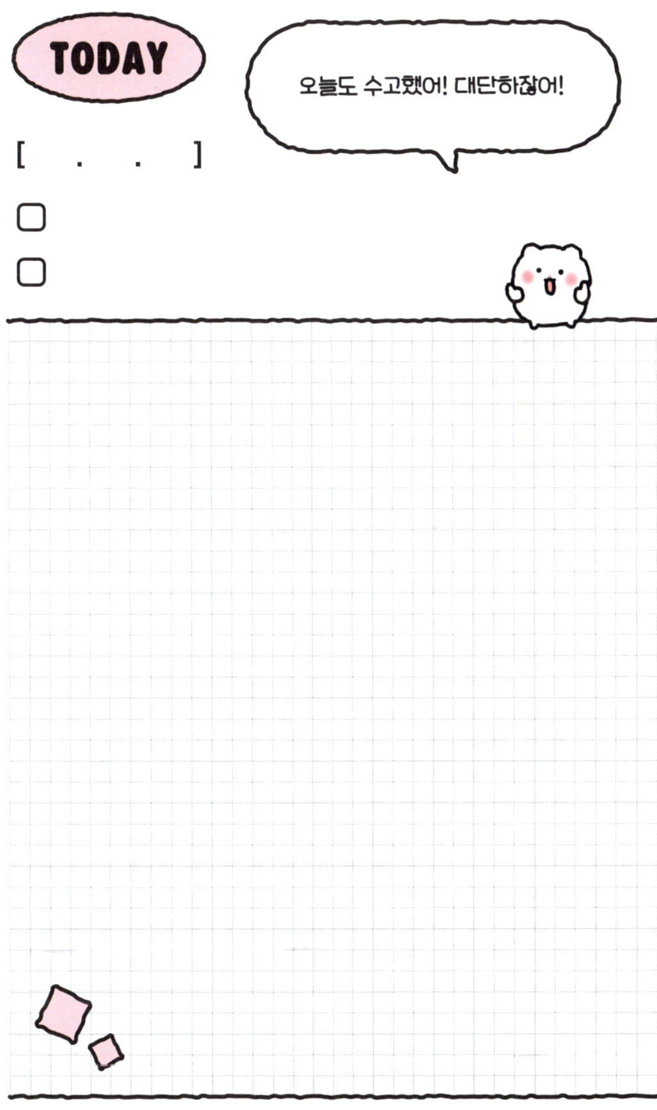
TODAY
오늘도 수고했어! 대단하잖어!
[.   .   ]

망곰이와 친구들의 귀여움 가득한 엉뚱발랄 이야기
앞으로도 많이 사랑해 주세요!

TODAY
[. .]
어린 시절 추억 중 기억나는 일은
어떤 거야?

TODAY

[.   .   ]

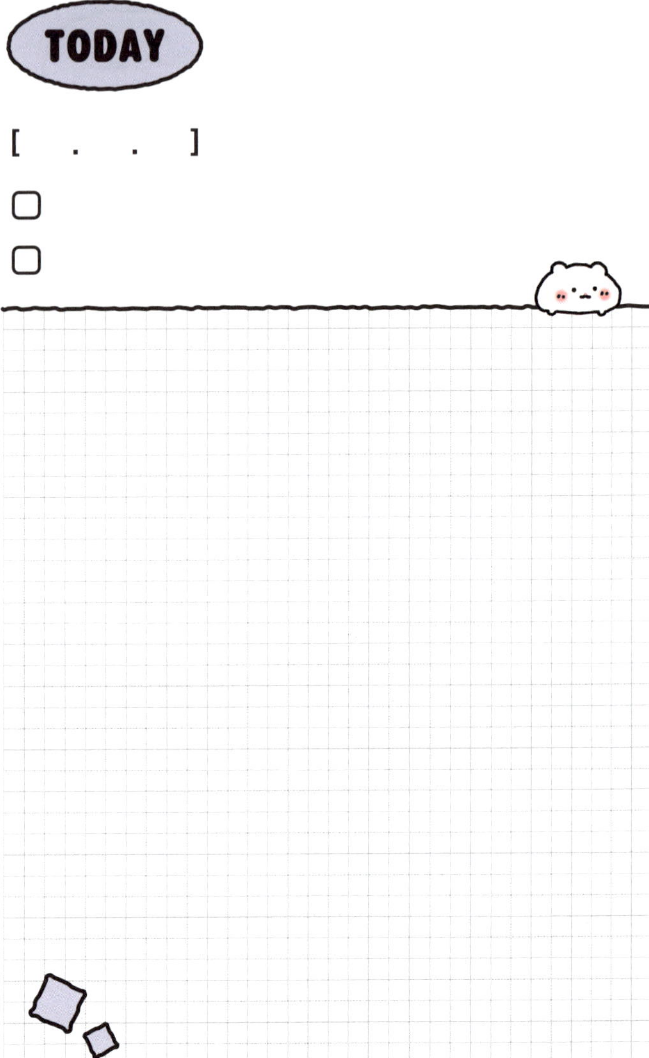

TODAY
[.   .   ]
부앙이를 일으켜 준 누군가의
한마디는 뭐야?

TODAY

[.   .   ]

☐

☐

TODAY
[. .]
봉투는 괜찮아…
입에 넣어 가면 된다구

TODAY

[. .]

TODAY
[. .]
걱정할 필요 없어! 어떻게든 잘될 것 같은 내 인생∿

TODAY

[. .]

TODAY
[. .]
부앙이의 롤 모델 있어? 그 사람의
어떤 점을 닮고 싶어?

TODAY

[.   .   ]

☐
☐

TODAY
[. .]
부양이는 어떤 대중교통을 선호해?

TODAY

[.   .   ]

TODAY

[.   .   ]

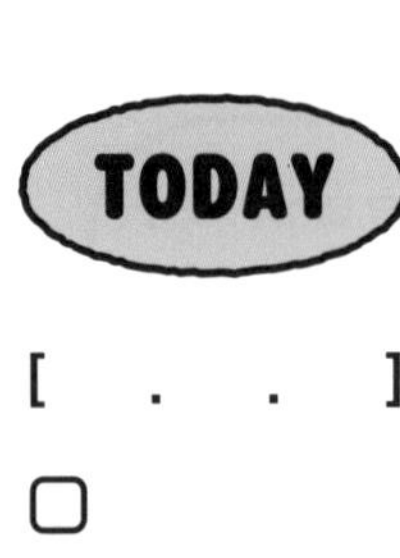
TODAY

[.   .   ]

TODAY
[. .]
떡볶이, 마라탕, 치킨, 피자…
어떻게 하나만 골라!

TODAY

[. .]

☐
☐

TODAY
[. .]
기지개 쭉 켜고 하늘 올려다보기!

TODAY

[. .]

TODAY
[. .]
그냥 부양이라서 좋아!

TODAY

[. .]

TODAY
[. .]
오늘 부앙이의 코디 중 가장 맘에
들었던 포인트는?

TODAY

[.   .   ]

☐

☐

TODAY
[. .]
아무에게도 말하지 못했던 비밀
있어?

TODAY

[. .]

TODAY
[. .]
부앙이의 인생 책은 뭐야?

TODAY

[. .]

TODAY
[. .]
가장 재미있게 본 영화는?
영화 볼 때 팝콘 먹어?

TODAY

[. .]

TODAY
[. .]
잘 하지 못해도 다시 하면 돼!

TODAY

[. .]

TODAY
[. .]
여행지에서 겪었던 재밌는 일 있어?

TODAY

[. .]

TODAY
[.   .   ]
아무리 힘든 하루도 이겨 낸다!

TODAY

[. .]

TODAY
[. .]
부앙이의 최애 겨울 노래는 뭐야?

TODAY

[. .]

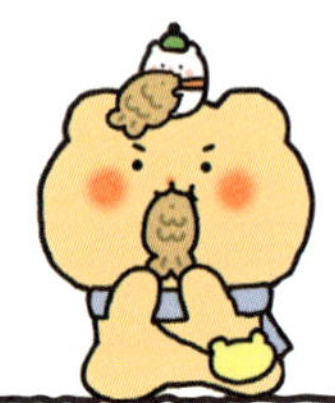

TODAY
[. .]
남들 몰래 했던 일 중에
가장 재미있었던 일은 뭐야?

TODAY

[.   .   ]

☐

☐

TODAY
[.   .   ]
잠이 오지 않는 밤엔 뭘 해?

TODAY

[. .]

TODAY

[.   .   ]

365일 중에 173일 우는 곰…
부아아앙!

TODAY

[. .]

TODAY
[. .]
올해를 되돌아봤을 때 아쉬움이
남는 점 있어?

TODAY

[. .]

TODAY
[. .]
아직 이루지 못한 버킷 리스트는
뭐야?

TODAY

[. .]

☐
☐

TODAY
[. .]
부앙이만의 겨울 필수 아이템은?

TODAY

[. .]

TODAY

[. .]

난 너무 똑똑해! 최고야!

TODAY

[. .]

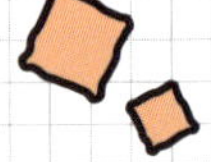

TODAY
[. .]

올 한 해도 잘 보냈어?
부엉이들아 고마워!

그래
애칭은
부아아
아 아..
부앙이들이야

나도
이제
애칭
생겼다
와
아
부앙
부앙
부앙
부앙단 많이
사랑한 죄~
부앙단
마니 그리워
한 죄 ...
부아앙

낑 낑
북적
북적

모두 건강
하자 ♡
도치 ♡
람쥐
우리
사랑영원
망곰이와
부앙단 ♡
Forever
부자기원
83
가족
건강
부앙이들아
앞으로 잘
부탁해!

MY DATA

NAME

MOBILE

BIRTHDAY

E-MAIL

ADDRESS

SNS

망그러진 하루
Daily book

초판 1쇄 발행   2025년 12월 24일

지은이   유랑
펴낸이   정용철

편집   이민애, 박혜빈, 강시현
디자인   최가은
콘텐츠 총괄   정다정

영업·마케팅   이성수, 권지은, 정황규, 어은진, 최서연
경영지원   송윤경, 김나현

펴낸곳   ㈜좋은생각사람들
주소   서울시 마포구 월드컵북로22 영준빌딩 2층
이메일   book@positive.co.kr
출판등록   2004년 8월 4일 제2004-000184호

ISBN   979-11-93300-62-6 02810

좋은생각은 긍정, 희망, 사랑, 위로, 즐거움을 불어넣는 책을 만듭니다.

positivebook_insta   www.positive.co.kr